A Charlotte, la mejor mamá,
que comparte conmigo las rabietas de nuestros hijos,
y las alegrías también, evidentemente.

Título original: *Les colères de Simon*
Texto e ilustraciones originales de Ian De Haes

Diagramación: Editor Service, S.L.
Traducción del francés: María Teresa Rivas

Primera edición en castellano para todo el mundo: febrero 2018

c/ Cuenca, 35 - 17220 Sant Feliu de Guíxols (Girona)
www.tramuntanaeditorial.com

ISBN: 978-84-16578-78-8
Depósito legal: GI 1478-2017

Impreso en China / Printed in China

Ian De Haes

LAS RABIETAS DE SIMÓN

Tramuntana

La primera vez que Simón se puso furioso
fue después de cometer una gran travesura.
Su papá lo había castigado y Simón se enojó contra el mundo.
Estaba tan enfadado ¡que le dio un ataque!

En su habitación, adonde lo había enviado su papá,
Simón golpeaba la puerta con furia.
Y fue entonces cuando descubrió
un gran macho cabrío que golpeaba junto a él.

Era superdivertido, era práctico, tan fantástico,
tener un macho cabrío que arremetía contra todo,
sembrando el pánico.
En cuanto el papá de Simón pedía alguna cosa,
¡zas! el animal lo mandaba a paseo.

La segunda vez que Simón se enfureció, acababa
de perder su partida y no estaba en absoluto de acuerdo.
De repente, con gran asombro,
vio que su macho cabrío se había transformado en un cocodrilo.

Era superdivertido, era práctico, tan fantástico,
tener un cocodrilo nada simpático,
que se comía a las personas a mordiscos
cada vez que Simón estaba enojado.

La tercera vez se enfadó mucho porque se atrevieron a decirle «no». Entonces vio como, de repente, su cocodrilo ¡se convertía en un terrorífico león!

Era superdivertido, era práctico, tan fantástico,
tener un gran león africano.
Y hasta el día siguiente
nadie le negó nada.

La cuarta vez que Simón se puso rabioso,
lo habían obligado a comerse la sopa.
Y vio como su feroz león
¡se había convertido en un enorme rinoceronte!

Era superdivertido, era práctico, tan fantástico,
tener a su servicio a un rinoceronte tan temible.
Todo el mundo se daba a la fuga
en cuanto se sentaba a la mesa.

La siguiente vez, la cólera de Simón
se desencadenó sola, injustificadamente.
Era tan espantosa y grande su ira,
¡que su rinoceronte se transformó en un terrible dragón!

Era superdivertido, era práctico, tan fantástico,
tener un dragón escupiendo llamas horribles.
Era el más fuerte y sembraba el pánico.
Incluso lo llamábamos «Simón el Terrible».

Pero sus padres, sus compañeros, su mejor amigo...
Nadie quería jugar con él.
De pronto, se sintió muy solo con sus rabietas,
que solo pensaban en hacer la guerra.

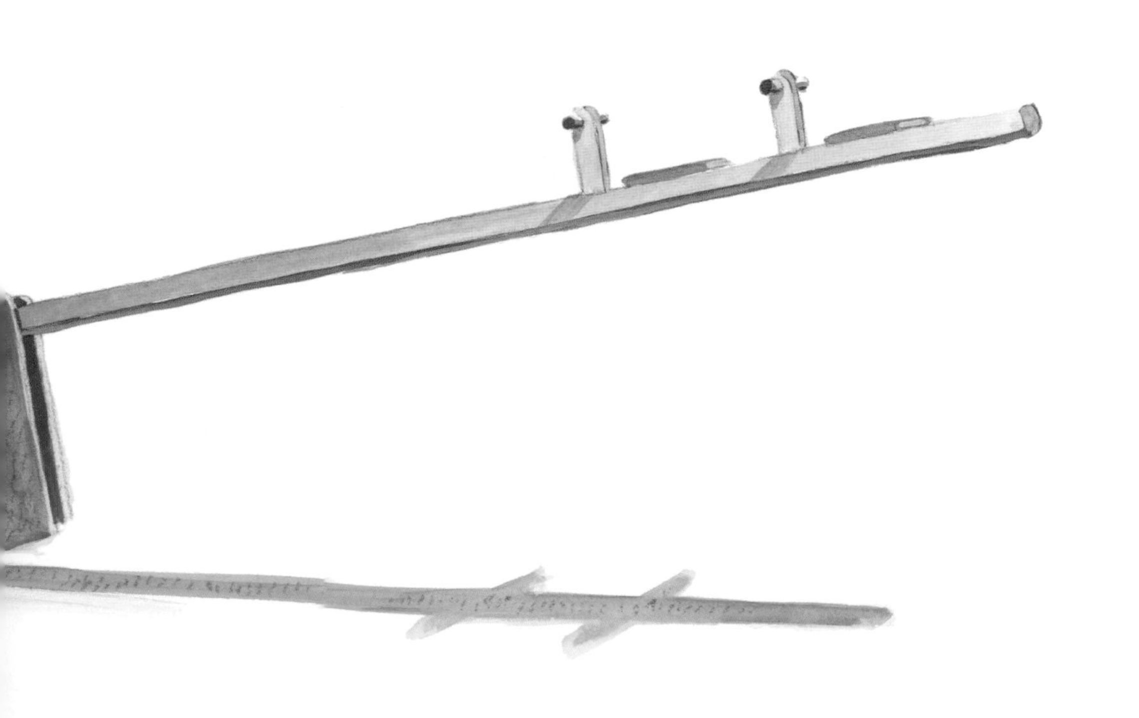

Ya no era superdivertido, ni práctico, ni tan fantástico, tener rabietas tan antipáticas.

Habría preferido una caricia de su papá, un beso de su mamá, jugar con sus amigos o construir cabañas como antes.

No sabía qué hacer
para librarse de sus cóleras.
Gritarles a todas para que se fueran corriendo
¡haría venir otras todavía peores!

Entonces, Simón cerró los ojos y se concentró mucho,
hasta que la calma invadió todo su cuerpo.
Al cabo de un rato, vio a su dragón
transformarse en miles de mariposas,
que se llevaron sus rabietas.

Era genial, era maravilloso, era como un cuento de hadas,
mantener la calma, estar sereno, tan pacífico.
Todos le decían que sus simpáticas mariposas
eran mucho más divertidas que un horrible dragón.